KB213680

나는
　　지금의
　　당신이 좋다

나는
지금의
당신이 좋다

하   림   산   문   집

시선과 단상

작가의 말

사랑을 애정하고, 함께인 밤을 좋아하며

끝으로 우리 삶이 무던하길 바라요.

서문

　　우리네 삶에는 선택이 따라오기 마련입니다. 학업, 취업, 연애, 직장 등 어느 것 하나라도 선택이 빠지는 것은 없습니다. 선택은 늘 우리를 고민에 빠뜨리지만 하나씩 해결하고 세상을 살아내기 위해 부딪칩니다. 그렇게 새로운 깨달음 속 성장하기 위한 양분이 되기도 합니다. 이미 그것만으로 대단한 것일지도 모릅니다. 더 좋은 선택을 위해 수많은 고민을 했다는 것. 당신의 선택은 결코 잘못되지 않았다는 것. 나를 우선시 챙기며 나만의 방식대로 살아가고, 힘든 것들은 피해 갈 줄 아는 것.

차례

1장 | 나는

2장 | 지금의 *

3장 | 당신이 ˙

4장 | 좋다 •

5장 | 에필로그

종종 열병을 앓기도 하지만,
열심히 살아내는 당신.
나는 당신에게 격려와 함께
전하고 싶은 말이 있습니다.

나는 지금의 당신이 좋다.

1장 ——————

나는

마음이
움직이는 곳

사랑이라고 말하면 마음이 자꾸만 그쪽으로 움직이기 때문일까, 나는 사랑을 자주 말한다. 사랑, 사랑, 사랑. 마침표가 끝나는 곳엔 언제나 당신이 있었다.

아름답게
일렁이는
우리

　사랑은 담백하고 진부할수록 좋다. 자극적인 사랑도 물론 구미가 당기겠지만, 나는 아무래도 담백하면서 진부한 사랑에 군침이 돈다. 희석되지 않은 둘을 조금씩 희석해 보고. 살갗을 맞댄 채 서로의 숨소리에 귀 기울여 잠들어 버리고. 뒤엉켜 일어나 서로를 바라보며 배시시 웃어버리고. 잔잔하게 일렁이는 파도가 마음의 평화를 주듯이, 나지막한 일상 속에서 사랑은 더 아름답게 일렁인다.

굳이
둘이서
하는 것

사랑은 굳이 혼자 할 수 있는 일도 둘이서 하는 것이다. 혼자 먹을 수도 있는 밥을 굳이 불러내 밥 한 끼라도 같이 먹고. 혼자 채울 수 있는 목걸이를 대신 채워주고. 좋아하는 밤 산책을 혼자가 아닌 굳이 둘이서 손을 잡은 채로 거닐고. 혼자 입을 수 있는 외투를 입기 편하도록 뒤에서 잡아주고. 서로를 존중하며 희석하는 일이다.

이처럼 사랑은 혼자 할 수 있지만, 굳이 둘이 나눠서 하는 일이다. 혼자여도 괜찮지만, 함께할 땐 괜찮음을 넘어서 좋아지는 것이며. 나아가 혼자이기 전보다 지금 우리의 모습이 애틋해지는 일이다. 다만 이런 사랑은 눈이 소복이 쌓여 있어도, 돌 틈 사이에서 싹이 피어나는 것처럼, 의지가 있어야 가능한 일이다.

당신은 어떤 사랑을 하는 중인가. 핑계를 대며 굳이 둘이서 할 일을 혼자 해버리는 사랑인가. 아니면 함께 하는 일의 애틋함을 아는 사랑인가.

사람 순간
시절

언젠가 고마워 잊을 수 없는 사람들을 곰곰이 떠올려 보았던 날이 있었다. 나의 용기를 북돋아 주기 위해 진심이었던 사람. 외면이 아닌 나라는 사람의 내면을 진정 알아봐 주는 사람. 누군가에게 터놓지 않는 나의 이야기를 편할 때 말하라며 여유를 가지고 기다려줬던 사람. 감정을 알아내기 위해 살살 긁어보며 떠보는 사람이 아니라, 진짜 내가 힘들 때를 알아주는 사람. 다들 원래 그런 거라며 나무랄 때 조용히 곁에 와 등을 토닥여 주는 사람. 고마운 사람 중에서도 가장 고마운 사람. 그 누구와도 견주고 싶지 않은 사람.

홀연히 나타나 어린 날의 나를 진심 어린 마음으로 대해 주던 사람이 있었고. 인생은 쓰기만 하지 않다고 말해주는 것만 같았던 순간이 있었고. 휘청일 때 나라는 사람이 기댈 수 있게 어깨를 선뜻 내어주는 시절이 있었다.

사람은 순간으로 기억되어 시절을 만든다. 어느 날 문득 힘듦이 나를 찾아올 때면 그런 시절은 다시 나를 숨 쉴 수 있게 만들어 준다.

사람, 순간, 시절. 그리고 다시 사람.

사랑해海라는
바다

사랑으로 인해 사람이 바뀌기도 한다. 평소였다면 별 기대가 없었던 것이 이제는 호기심이 생기고, 조금 더 다가가고 싶어지기도 하며. 하나라도 더 챙겨주고 싶고, 뻔하고 건네기 쉬운 말일지라도 다정함을 한 스푼 끼얹어 전하게 된다. 사랑하는 사람의 일상에 나라는 사람이 내포되어 굴러갔으면 하는 바람이 생기고, 감추지 않고 있는 그대로를 표현하고 싶어지기도 하며. 소요하는 시간이 아깝지 않고, 오히려 기분이 좋아 뿌듯함을 입가에 한 움큼 머금게 된다.

"당신이기에 내 마음이 동했다."고 부끄럼 없이 말할 수 있다. 사소한 한마디에 귀를 활짝 열게 되는 사람. 설렘이 공존하지만 무던한 삶과 재미를 줄 수 있는 사람.

삶은 바다와도 같다고 하지 않던가. 삶이라는 큰 대양에 만약 사랑해海라는 바다가 있다면 당신과 그곳에 잠수하고 싶다.

나는 당신과 함께일 때

비로소 우리만의 행복을 느낀다.

당신은 어떤지 모르겠지만,

나는 이대로가 행복하다.

사랑하면
웃음이 많아진대요

함께일 때 가장 편안한 사람이 있어요. 그중에서도 함께일 때 함박웃음이 끊이질 않는 사람이요. 평상시 품고 있던 걱정이 상대방과 있을 때면 누그러져요. 나를 삼킬 것만 같았던 걱정의 불이 사그라들고. 작고 따뜻한 모닥불처럼 편안함이 곁에서 무던함을 건네고 있어요.

대화를 나누더라도 크게 언성을 높이지 않아요. 천천히 숨을 내뱉으며 조곤조곤 얘기를 나누게 돼요. 추운 날 핫초코가 담긴 머그잔을 손에 쥐고 있는 것처럼, 대화만으로도 얼어붙었던 몸이 찬찬히 녹는 것만 같아요. 이런 게 진짜 사랑 아닐까요.

사랑하면 웃음이 많아진대요. 서로의 얼굴을 마주해도 웃음이 난대요. 한 명이 우울하다가도 다른 한 명이 싱긋 웃으면 우울이란 감정도 안개가 걷히듯 걷어진대요. 어떤 날엔 슬픔을 주체하지 못하는 순간도 있겠지만, 결국 다시 웃는 사람이 된대요. 사랑이 주는 웃음은 만병통치약과 같아서 가진 상처까지도 치유해 준다는 사실을 우리는 이제 알아요.

우리 웃음과 서로를 당연시하지 않기로 해요. 상대방이 있기에 가능한 일이니까요. 사랑하는 사람과의 웃음. 사랑이라는 찻잎을 따듯한 물에 우리면 아무래도 웃음이라는 차가 완성되나 봐요.

우리

대화

나눠요

　사람이 살아가며 절대 빠질 수 없는 것 중 하나는 의식주가 될 테고, 또 하나는 소통이 된다. 언어적 소통이 있었기에 사람은 발전할 수 있었고, 살아남을 수 있었으며, 지금껏 살아가고 있다. 그만큼 의사소통, 대화가 가장 중요하다.

　대화는 사람마다 품고 있는 감정이 담기고, 당시의 분위기가 담긴다. 어떤 말 하나에는 다음을 연상시키기도 하고, 끝을 맺기도 한다. 대화는 사람을 이어주기도 하고, 빚을 갚기도 하는 수단이 되기도 한다.

　인간관계와 연인 관계에서도 가장 중요한 것은 대화다. 특히 생각과 결이 비슷한 사람과 주고받는 대화는 안정감이 느껴지고, 편안함이 주를 이룬다. 감정에 앞서 말하는 게 아닌 상대의 입장을 알아주기 위해 노력하는 대화. 그런 사람들과 함께일 때면 시간은 흐르는 줄 모르고 서로의 세상에 스며들어 살아가곤 한다.

애정이 담긴 순간

　누구나 가장 좋아하고 애정하는 시간이 있다. 맛있는 걸 먹을 때, 하고 싶은 걸 할 때, 사고 싶었던 것을 가졌을 때, 사랑하는 사람과 여행할 때.

　저마다 좋아하는 시간이 있는 것처럼 나 역시도 좋아하는 시간이 있다. 바로, 사랑하는 사람과 함께 보내는 시간. 다른 시간과 비교하면 바꾸지 못할 순간으로 기억돼 더욱 좋다. 예를 들면, 서로가 가진 추억의 장소를 사랑하는 사람과 손을 맞잡고 걷는 것. 서로가 좋아하는 취미를 함께 하는 것. 엔틱한 분위기의 카페에서 고소한 커피를 마시는 것.

　애정하는 시간 속에는 가장 중요한 순간이 담겨 있

고, 그 중요한 순간엔 사랑하는 사람이 있다. 숨을 헐떡이다가도 사랑하는 사람과 함께 있을 때면 숨이 차분해지고, 심적인 피로는 사랑하는 얼굴을 보고서 씻겨 내려간다. 웃음꽃을 피우고 사랑하는 사람의 얼굴을 보는 행복도 있다.

사랑하는 사람의 일상에 내가 속한다는 사실이 어찌나 좋은지. 종종 나를 애태울 때도 있지만, 시간의 값을 매길 수 없는 것처럼 함께하는 순간과 시간을 가장 애정한다.

떠나고 싶을 때

종종 떠나고 싶은 순간이 들 때가 있다. 반복되는 일상생활이 무료하고 무의미한 것처럼 느껴질 때, 자꾸만 잘 풀리지 않는 날이 계속될 때, 잘 풀리더라도 어딘가 공허함이 느껴질 때. 우리는 종종 그런 순간을 겪고 어디론가 정처 없이 떠나고 싶은 감정이 든다.

나는 특히 외로움을 많이 타곤 하는데, 항상 사람과 같이 있는 순간이 좋고, 좋아하는 걸 할 때, 맛있는 걸 먹을 때, 즐거운 순간을 함께 나누고 싶은 마음이 매번 자리 잡고 있다. 이왕이면 함께하는 이가 사랑하는 사람이면 더 좋다.

마음이 뒤엉키고 정처 없이 떠나고 싶을 때면 당신이

꼭 있었으면 한다. 속마음을 잘 헤아려 주는 것도 당신이었고, 행복은 물론이거니와 아픔까지도 보듬어 준 사람이 당신이라서, 나의 모든 장면에 당신을 두고 싶다.

뷰파인더

　'기억은 추억이 될 수 있도록 기록해야지. 지워지지 않을 흔적을 새겨봐야지. 언제 어디서라도 떠올릴 수 있도록 우리의 사랑을 세상 곳곳에 새겨둬야지.'

　사랑하며 나는 이런 다짐을 줄곧 한 적이 있었다. 내가 말한 지워지지 않는 흔적은 사진이나 글이 될 수 있겠다. 나는 둘 다 좋아하는 편인데, 카메라 앞에 혼자 있는 순간이면 여간 어색하지 않을 수 없다. 다만 그게 둘이 함께 있는 순간이라면 얘기가 달라진다.

　언제는 한 번 그런 생각이 들었다. 사진 속 홀로 손가락으로 브이를 나타내며 서 있는 모습이 무언가를 가리키는 모스부호처럼 외로워 보인다고. 어쩌면 손가락이 가리킨 브이는 혼자가 아닌 둘이기를 원했던 것이 아닐까. 혼자 찍히는 것보다 나란히 찍히는 사진을 좋아하는 건 아닐까 하고서 말이다. 나란히 서서 브이를 올렸더라면 조금 더 꽉 차게 보이지 않았을까. 입가에 미소가 행복의 미소가 되지 않았을까 하며 말이다.

나는 오늘도 우리의 추억들이 잊히는 것이 싫어 곁에 남겨두려 한다. 여행 다니기 좋아하고, 함께할 때면 사진 찍기를 좋아하는 우리. 그런 우리의 추억과 사랑이 나는 좋다. 이토록 아름다운 것이었나, 포근한 것이었나, 담백한 것이었나. 카메라에 나오는 것이 어렵지 않아지기 시작했다.

나는 당신과 하는 사랑을, 우리의 추억들을 길이 남기고 싶어 셔터를 누르고, 글을 쓴다. 추억 하나하나 소중히 여겨져 놓을 수가 없다. 나중에 우리가 되돌아보며 회상하고, 추억에 잠길 때면 지금보다 두터운 하나의 상으로 보이길 바란다.

"자, 사진 찍겠습니다.
하나, 둘, 셋. 브이"

찍은 사진을 보며
함박웃음을 지었다.
나 혼자가 아닌 사랑하는
당신과 함께라서.

계절에서
당신과 함께

우리 더없이 아름다운 사랑을 나누자. 봄 햇살에 눈이 부실 때면 주섬주섬 새하얀 이불을 깔끔히 털어서 침대를 정리하고, 기분 좋게 노래를 틀고 가볍게 샤워를 하자. 아직 봄이니 노란색 니트가 좋겠다. 선글라스를 집어 들고 유채꽃이 만개한 곳으로 가자. 그곳에서 나란히 삼각대를 펼쳐 세워두고 사진을 찍어보자. 만개한 노란 유채꽃에 시밀러 룩으로 맞춰 입은 우리의 예쁜 모습에 꽃들도 고개를 끄덕이겠다.

여름이면 더위를 만끽하기 위해 바닷가를 찾아가자. 부산도 좋고, 가보고 싶다던 동해도 좋다. 한술 더 떠서 에메랄드 바다가 보고 싶다면 제주도로 가보는 것도 좋겠다. 바닷바람을 쐬면서 나란히 걷기도 하자. 이번엔

밀려오는 파도를 배경 삼아 사진을 찍어보자. 무더위의 여름이 생각보다 빨리 흘러갈지도 모르겠다.

가을이면 단풍잎의 울긋불긋함과 떨어지는 단풍잎 하나 잡아보자. 유치해 보일 법하지만, 우리가 느끼기에 행복하면 그것으로 된 거니까. 어린아이처럼 마냥 뛰어도 보고, 서로 먼저 잡았다고 티격태격하는 것도 낭만 있겠다.

겨울이면 예쁜 목도리를 두르고, 길 가다 붕어빵 집이 보이면 삼천 원어치만 사 들고 호호 불어먹자. 눈이 올 때면 동심으로 돌아간 아이처럼 눈싸움도 하고, 눈사람을 만들어 같이 사진도 찍고, 눈오리도 만들어 보자. 철없는 우리의 모습이 귀엽기도 하겠다.

우리만의 사계절을 만들고 추억도 쌓아 보자. 우리만이 보낼 수 있는 한 해를 보내며 사랑을 나누자. 시간이 사랑을 잡아먹는 탓에 두려울 때도 있겠지만, 그럼에도 불구하고 손가락 사이 약지에 반지를 끼워 사랑의 언약을 노래해 보자.

다정한
사람

사랑은 사람을 다정하게 만든다. 진했던 사람이 연해지고, 단단했던 사람이 물러진다. 사랑하는 만큼, 좋아하는 만큼 정도의 차이가 있을 뿐, 대부분의 사랑은 다정으로 귀결된다.

이런 다정은 사소한 부분에서 비롯되는 경우가 많다. 저마다 다정의 기준이 있겠지만, 내가 생각하는 다정이란 이렇다. 상대를 위해 챙겨줄 수 있는 것. 상대의 의견을 존중하고 맞춰줄 수 있는 것. 앞으로의 계획에 대해 먼저 물어보고 조율할 수 있는 것. 상대의 입맛에 맞춰 식사하러 갈 수 있는 것. 잊힐 말도 기억해 주는 것. 정말 작은 부분들이지만, 이런 부분들이 모여 다정한 사람이 된다.

나는 가끔 사랑의 기준에서 다정을 척도로 삼기도 했다. 상대방의 머리를 쓰다듬어줄 수 있는가, 쓰다듬어줄 수 없는가. 상대방과 발맞춰서 걸어줄 수 있는가, 걸을 수 없는가. 상대방에게 다정해질 수 있는가, 다정해질 수 없는가. 전자일 때는 사랑과 가까웠고, 후자일 때는 사랑과 멀었다.

한 그루의
나무

내가 바라는 건 다름 아닌 변함없는 한결같음입니다. 헛된 말이 아닌 진정성이 있는 솔직함입니다. 단기간의 약속 같은 것이 아닌 평생의 기약입니다. 누군가는 말하곤 합니다. 변하지 않는 것은 없다고 말입니다. 당연히 강산이 바뀌는 게 세상의 이치와 같습니다. 대신에 사랑하는 마음은 변하지 않길 바라는 겁니다. 다른 건 모두 변할지라도 마음만큼은 말입니다. 한마디만 더 보태자면, 부담도 없었으면 합니다. 그래야 편안한 사랑을 할 수 있는 것이니까요.

한 그루의 나무가 있습니다. 이 나무는 시간이 흐를수록 가지를 뻗으며 잎을 더해 갑니다. 대신에 이 나무의 위치는 처음에 심었던 곳에 그대로 있습니다. 변해

봤자 스스로 양분을 얻기 위한 뿌리를 내리고, 가지를 펼치는 것밖에 없습니다. 이처럼 우리도 본질적인 사랑의 성질이 변하지 않았으면 합니다. 물론 행동과 형태는 변할 수 있겠지만, 서로를 향한 한결같은 마음만은 그대로였으면 좋겠습니다. 내가 바라는 사랑이자, 사랑하는 관계에 서로를 향한 예의이고 정의라 생각합니다.

이렇게 말할 수 있는 이유는 당신을 변함없이 사랑할 수 있다는 굳은 마음입니다. 당신의 자는 모습도, 밥을 먹는 모습도, 심지어 하품하는 모습까지도 사랑스럽습니다. 아마, 이런 제가 바뀌기 쉽지 않겠습니다. 당신이 곁에 있기에 지금의 순간이 있고, 이런 말을 전할 수 있습니다. 오늘 밤은 유난히 길었으면 좋겠습니다.

사랑을
곱절로
표현하는 사람

사랑을 곱절로 표현하는 사람이 있다. 사랑은 표현하면 할수록 좋다면서 시도 때도 없이 표현하는 사람. 애정 표현이 익숙하지 않아 쑥스러워하는 모습까지도 귀엽게 보이겠지만, 그땐 찰나에 불과하다. 결국 사랑하는 관계는 사랑을 제때 표현하지 못한다면, 식이 성립되지 못한다. 과할지라도 표현하기를 미루는 사람보다 가지고 있는 마음의 몇 곱절로 표현하는 사랑 속 사람이 훨씬 좋다.

삶에
조금씩 묻어나는 것

낭만은 거창한 게 아닌, 삶에 조금씩 묻어나는 것이다. 사랑하는 사람과 함께 우산을 쓰고 골목길을 걷는 것도. 골목 담벼락에 피어난 능소화를 보고서 어린아이 같은 표정을 짓는 것도. 여름에는 바닷가에서 발자국을 새기고, 겨울이면 하얀 눈밭에 누워버리는 것도. 마음먹기에 따라서 지극히 평범한 순간들이 모두 낭만이 될 수가 있다.

사랑은 낭만을 끌고 오고, 낭만은 사랑을 꾸며준다. 꾸며진 사랑 속 우리는 또 다른 낭만을 꿈꾸며 일상을 보낸다. 그러기에 낭만은 거창한 게 아니라 삶에 조금씩 묻어난다고 하는 것이다.

사랑과 낭만, 낭만과 사랑. 두 개의 단어를 이리저리 곱씹어 본다. 어쩌면 마음 깊이 누군가를 두고 있는 순간부터 낭만은 이미 시작됐을지도 모른다.

사랑과 낭만이라는 단어는
비슷한 구석이 많다.
사랑하면 낭만하고,
낭만하면 사랑한다.
문장이 이상해 보이겠지만,

사랑과 낭만을 아는 사람이라면
이해할지도 모르겠다.

2장

지금의

솔직한 사람

언제부터인지는 모르겠으나, 솔직함을 말할 줄 아는 사람이 좋다. 거짓부렁이 아닌 자신의 감정과 기분을 표현할 줄 알고, 상태를 말할 줄 아는 사람. 함께하는 즐거움이 있고, 어려운 게 있을 때면 어렵다고 어리광도 피울 줄 아는 사람.

가식적인 면이 때로는 기분을 좋게 만들기도 하지만, 솔직함을 가진 사람이 하는 말에는 인위적으로 전하기 어려운 감정이 담겨 있다. 솔직함을 말하는 사람과의 사랑은 더 신뢰감이 쌓이고, 믿음이 간다. 어쩌면 당연한 일이다. 솔직할수록 관계는 맑고 투명해지는 법이니까.

나도 매사에 솔직한 사람이고 싶다. 사사로운 감정에 휩쓸리지 않고, 있는 그대로를 표현할 줄 아는 사람. 솔직함이 주는 멋을 아는 사람.

가장 힘든 순간

가장 힘든 순간은 소중한 사람이 있음에도 일상을 함께하지 못한다는 외로움이 아닐까. 매일 같이 나누던 이야기도, 하루 동안 있었던 힘든 일도, 혹은 어이없는 일도 나누지 못한다는 답답한 순간. 사람 한 명 없다고 큰일이 생기는 건 아니지만, 한 명이 채우고 있던 공간은 우리네 삶에 일정 비중을 차지하고 있었을 테다. 그런 공간이 한순간에 텅 비어버린다면 공허함은 우리를 찾고, 외로움을 느끼게 만든다.

매일 아침 잘 잤냐는 물음으로 하루를 시작하던 순간이 사라졌을 때. 날씨를 알아봐 주며 조심하라 말해주던 순간이 사라졌을 때. 모든 걱정을 전할 수 없을 때. 아플 때 아프다고 말할 수 있었던 사람이 곁에 없을 때가 가장 힘든 순간이 된다.

기댈 수 있는
사람

기댈 수 있는 사람이 좋다. 일과를 마치고 집으로 돌아와 침대에 누워 포근함을 느끼는 것처럼. 품 안에 안겼을 때 하루 동안 있었던 근심을 녹여버리는 사람. 같이 있을 때면 웃음이 끊이질 않고, 편안함이 느껴지는 것처럼. 쉬어갈 수 있는 안식처가 되어주는 사람. 우중충한 날씨를 맑게 만들어 주는 것처럼. 나에게 붙어있는 부정의 기운들이 눈치 보며 사라지게 만드는 사람. 그런 사람의 곁에서 모자람 없는 사랑을 나누고 싶다.

공생하는
관계

주변에 그리 친구가 많지 않다. 정말 딱 필요한 사람, 내게 손 내밀어 준 사람. 서로가 어려울 때 진심으로 도와줄 수 있을 것 같은 사람. 배려와 존중. 예절이 눈에 보이는 사람만 긁어모았다. 예전에는 여러 사람과 어울리며 놀러 다니고, 친구가 많아 보이는 게 부러웠지만, 지금은 내 사람들과 모두 깊은 관계를 유지하고 있어 만족하고 행복하다.

정말 인간관계에 큰 거 필요 없다고 느낀다. 내 사람 몇 존재한다는 것. 믿음직스러우며 어려운 일이 있을 때, 도움을 청할 수 있다는 사실이 좋다. 좋아하는 와인 한 병에 술술 이야기를 나눌 수 있는 사람들. 서로에게 배울 점을 남겨주고 공생하는 관계가 좋다. 서로를 위해 따듯함을 건넬 수 있고, 술 한잔 기울일 수 있는 내 주변 사람들에게 고마움을 전하고 싶다.

성숙한 사랑

상처가 많아도 괜찮으니 함께 나아지는 방향을 고민할 줄 아는 사랑이 좋다. 겁에 질려 성급히 뒤돌아 버리는 사람이 아닌, 맞부딪치며 바꾸려고 노력할 줄 아는 사랑.

서툴러도 이해해 주고, 알아주는 사랑. 그 서투름까지도 예뻐해 주는 사랑. 덕분에 사랑받는다는 것이 이런 거구나 실감할 수 있게 된다. 물론 이래저래 사랑하며 받은 상처는 흉터로 남겠지만, 우리에게 배움과 깨달음을 주고 아물었으니, 왜 그랬는지 되묻지 않을 테다.

이제는 혼자 하는 것보다 둘이 하는 것이 외로움도,

쓸쓸함도 덜하다는 걸. 그렇게 우리만이 할 수 있는 사랑을 했으면 한다. 이따금 고난이 있어도, 속 쓰라린 일이 있을 때도 있겠지만, 같이 이겨내 보자. 사랑에 살을 붙여 단단해지자. 곁에서 든든히 받쳐주는 당신 덕에 나는 또 힘을 낼 수 있다.

종종 상처가 생길 때도 있지만,
사랑은 언제나
든든한 지원군이 되어준다.
서로를 이해하고,
작은 것조차 사랑해 주는 것처럼.

힘을 낼 수 있는 건
역시나 사랑이 있고,
사랑하는 사람이 있어서다.

초기진압

　"사랑을 믿어야지요. 우리 집착과 지나친 감정을 주입하여 온전한 것을 깨뜨리지 않기로 해요. 얇은 믿음과 신뢰는 쉽게 깨지기 십상이니까요."

　상대방을 믿어주는 것. 의심하지 않는 것. 지나친 의심은 결국 불신을 키우고, 상대를 지치게 만드니까요. 정말 궁금하고, 알고 싶다면 솔직하게 물어보는 편이 차라리 좋아요. 불필요한 상상력과 의심은 되려 사랑과 행복에 가까워진 나를 아프게 만들고, 관계를 괴롭히니까.

　사랑해서 불안함이 흐르는 이유는 당연한 거예요. 사랑이 주는 불안은 곧 편안함을 얻기 위해 거쳐 가는 일

종의 순리와 같아요. 이런 순리는 서로에게 솔직해지기 위한 과정이지요. 너무 사랑해서, 혹여나 싶은 걱정과 두려움 때문에.

서로 안아주며 이야기해요. 사랑한다고, 불안한 마음이 들었는데 안아달라고. 사랑하는 사람에게 먼저 건네도 좋고, 역으로 그 말을 들었다면 안심시켜 줘요. 잘 이야기하고 맞춰가면 자라나는 불안감도 초기에 사그라들기 쉬우니까요.

"결국에 다 사랑해서 생기는 좋은 경우에요"

당신이 좋다

　나는 그런 당신이 좋다. 내면의 걱정을 나에게 잘 꺼내주는. 돌려서 얘기하는 게 아니라 꾸밈없이 있는 그대로를 말해주는 당신의 입술이 좋다. 궁금한 부분이 있으면 감추는 게 아니라 솔직하게 묻고 답하며 알아가는 당신의 마음이 좋고. 부끄러우면 부끄럽다고 손사래를 연신 흔드는 당신의 손끝이 좋다. 발 없는 말처럼 급했던 나에게 천천히 알아가자고 일러준 당신의 발끝이 좋고. 서로에 대해 모르는 점들을 알아가고, 빈틈 없어지는 우리 사이가 좋다.

　나조차도 모르고 있던 내 모습을 알게 해준 당신이 곁에 있기에 나는 오늘이 좋고. 발그레 웃고 있던 어제의 미소도 좋고. 앞으로 당신과 함께할 보랏빛 내일도 좋다.

손편지

사람들이 편지를 좋아하는 이유는 저마다 다르겠지만, 자기의 마음을 꾹꾹 눌러 담아 전하는 모습과 마음이 사랑스럽기 때문이지 않을까. 평소 말하기 머뭇거리던 것을 괜스레 말할 수 있고, 조심스러운 고백들로 둘만의 비밀스러움을 쌓기 좋으니. 사랑하는 사람이 있는 당신이라면 이해할 테다. 둘만 아는 비밀이 쌓이는 일의 짜릿함은 감히 말할 수 없다.

어딘가 말로 전하면 말실수를 할까 싶은 걱정이 있지만, 편지로 전하게 되거든 생각을 차곡차곡 정리하여 온전히 전하기 쉽다. 선뜻 말을 꺼내야 하는 데 어려운 사람이 있다면 자그맣게 편지를 써보는 일도 좋다. 받는 상대방은 겉으로 부끄러움에 퉁명스러움을 자아낼 수 있겠지만, 속으로는 내심 고마움과 설렘도 가득할 테다. 이렇게 편지는 하고 싶은 말을 속 편히 하고, 마음을 전할 수 있는 가장 좋은 수단이 된다.

손으로 꾹꾹 한 글자씩 눌러 적은 편지로 전하는 마음은 그 어떤 선물보다 마음이 고스란히 담겨 있고, 소중한 것임을 우리는 안다. 사랑하는 사람이 있다면, 혹은 마음에 두고 있는 사람이 있다면 짧게라도 손편지를 써보는 건 어떨까. 악필이어도 좋다. 문장력이 형편없어도 좋다. 편지는 마음이니까.

당신에게 편지를 쓰는 밤이다. 시작은 어떤 문장이 좋을까? 사랑하는 당신에게? 친애하는 당신에게? 애정하는 당신에게? 아니다. 손끝이 이쁜 너에게, 이게 좋겠다.

마음만은 어린아이의 사랑

누군가를 사랑한다는 것은 사소해지는 것이다. 목소리가 듣고 싶어져 시간 내서 전화하고, 먹고 싶은 게 생겼다는 말에 같이 먹으러 가자고 꼬셔내는 것. 무슨 일이 생기면 물가에 내놓은 아이처럼 걱정하게 되고, 혹은 투덜거리기도 하며 일러도 보는 것. 잠들기 전에는 오늘의 일과를 돌아보며 재밌었던 일과 나누고픈 일상을 나누고, 끝으로 사소한 것까지 사랑스러워 간섭하는 것이 아닐까.

사랑하기에 가만두지 못한다고 할까. 마음에 들어 자꾸만 만지작거리는 것과 같이 손아귀에서 내려놓을 수가 없는 거다. 당신 곁에 사랑하는 사람이 있다면 물어보자. 구식이지만 투정 부리듯. 잠시 어린아이처럼 "나 사랑해?"라고. 사랑하니까 깨물어도 보자.

되고 싶은, 어쩌면 되어야 하는

　나는 제법 푸근한 사람이고 싶다. 허나, 그 일이 모두에게는 아니다. 마음 같아선 모든 사람에게 좋은 사람이고 싶지만, 내 욕심임을 알기에 그저 자그마한 나의 희망일지도 모르겠다.

　나를 위해 진심 어린 걱정으로 조언을 건네준 사람들. 그들에게 나라는 사람과 함께 있으므로 편안함을 느낄 수 있고, 마음속에 묵혀둔 걱정을 토로하기 좋은 사람으로 남고 싶다. 사람들에게 감동과 위로를 전해주는 일도 좋겠지만, 끝내 기억 속에서 영생하고 싶은 건 나라는 사람으로 당신들이 편안해지는 것. 따뜻한 밥 한 공기 같은 사람이 되는 것이다.

나 역시도 푸근한 사람에게 마음이 기운다. 단둘이 있어도 전혀 어색하지 않고, 따뜻한 분위기에서 나른히 이야기를 나눌 수 있는 사람. 당신에게도, 나를 믿어 주는 사람에게도. 나를 알고 지내는 모든 사람에게 담백하고 푸근한 사람으로 기억되고 싶다. 지금의 이 마음을 간직한 채 살아가고 싶다.

마음에 작은 등불을

둘 수 있다면

그 등불로 당신의 슬픔을

비출 수 있다면

망설임 없이

당신을 끌어안아야지

슬픔으로부터

당신을 지켜내야지

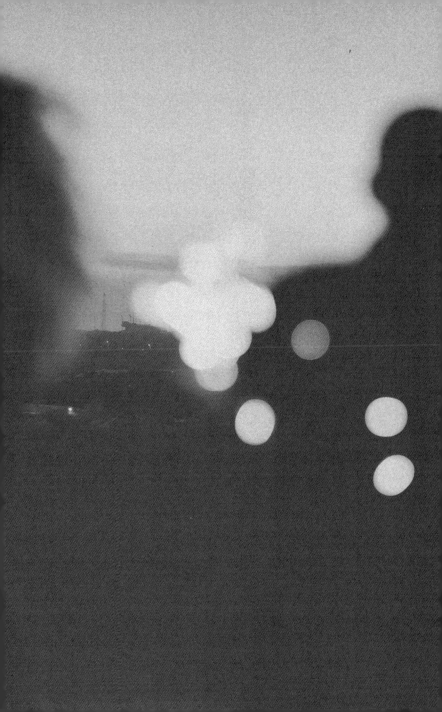

인생 기초

나를 항상 1순위로 둘 것.

가끔은 나를 위한 선물을 할 것.

내가 좋아하는 날짜를 정해서 하고 싶은 일을 할 것.

쉬고 싶다는 생각과 감정이 들 때면 과감히 쉴 것.

나 자신을 보살피는 일을 게을리하지 말 것.

몸이 아프다고 보내는 신호에 조금 예민할 것.

가슴 미어지는 사랑이 진짜 사랑이라는 것.

몸 상하는 일을 길고 오래 하지 말 것.

시작하는 사랑을 두려워하거나 어려워 말 것.

꼭 잘될 거라는 생각보다, 절반은 하겠다 다짐할 것.

조금씩 기록하고 이뤄내며 살아볼 것.

마음에 들지 않은 일에 대해 경험 쌓았다 생각할 것.

그래요, 오늘 밤은
안온하길 바라요

　우리는 결국에 끊임없이 성장한다. 육체적으로도 심적인 마음에서도 성장이 이루어지며 성숙해진다. 우리는 매일 다른 하루와 감정을 겪으며 살기에, 굳이 성숙하려 애쓰지 않아도 된다. 어떤 날엔 행복하게 다리를 쭉 뻗고서 자는 날이 있는가 하면, 어떤 날은 쉽게 잠들지 못해 뒤척인 채로 보내는 날도 있다. 그렇게 우리는 깨닫고 경험을 쌓으며 자연스레 마음 쓰라린 일을 멀리하는 버릇이 생기기도 한다.

　불안해하지 않아도 된다. 하루하루가 쌓이고 쌓여 불필요한 것 같은 날도, 내게 비로소 힘이 되어주는 순간이 올 테다. 물론 지금은 잘 모를 수도 있지만, 시간이 흐르고 나서야 알게 되는 것들이 있는 것과 같다. 그러니 오늘은 가벼운 마음으로 두 다리 뻗고서 편히 잠들수 있는 밤이 되길 바란다.

무던하길 바라는

　이미 우리는 알고 있다. 어떤 일에 최선의 노력을 다하더라도 마음처럼 되지 않는 순간이 있다는 것을. 완벽하길 바라지만, 완벽하지 않을 수도 있다는 것을. 나의 마음이 갈고리에 박박 긁힌 것과 같이 닳는 느낌이 들면, 그게 정말 맞다는 것을. 내 의지와는 다르게 상황이 흘러갈 수 있다는 것을. 또한 그러다 주저앉는 것은 아닌가 싶어 두려워할 때도 있었다는 사실을. 종종 무너지는 날도 있지만, 결국은 다시 일어나서 나아가고 있다는 사실은 바뀌지 않음을. 우리는 이러한 것들을 전부 알고 있으면서도 그런대로 살아가야 함을.

　어쩌면 우린 무던하길 바라며 살아가는 게 아닐까.

앞으로도 성장할 사람

헛된 삶은 없으며, 부질없는 삶도 없고, 구차한 삶 또한 없다. 남이 아니라 내가 영위하고 있는 삶을 아름답게 바라보자. 타인의 삶에 얽매이다 보면 내가 아니라 타인을 보게 된다. 남의 떡이 더 커 보인다는 말처럼 내가 살아보지 못한 삶을 보면 부러워하는 게 사람이고, 내가 가보지 못한 길을 보면 아쉬워하는 게 사람이니까. 남이 아니라 자신을 갈고 닦으며 윤기 있는 삶으로 만들어 보자.

결과에 노력이 가려지는 세상이라 할지라도 노력을 무시하지 말자. 노력도 삶과 같다. 헛된 노력은 없으며, 부질없는 노력도 없고, 구차한 노력도 없다. 원하는 시험의 목표를 이루기 위해 잠을 줄여가며 공부한 노력

도. 원하는 몸을 만들기 위해 피땀 흘리는 억겁의 시간
도. 원하는 직장에 취직하기 위한 수많은 시간 투자까
지도. 삶에 모든 노력은 내게 피와 살이 되고, 세상을 잘
살아가기 위해 나를 성장 시키고 단단하게 만들어 준
다.

　　당신의 노력을 믿고. 그 믿음을 바탕으로 자신의 가능
성을 확신할 수 있다면 당신은 앞으로도 계속 성장할 사
람이다.

각박한 곳
잘 살아가는
당신

원래 사람은 자주 붙어있을수록 친해진다. 그러다 각자의 사정이 생겨 얼굴을 보지 못하기도, 사소한 마찰로 인해 멀어지기도 한다. 간혹 관계가 멀어졌다는 것에 두려움과 슬픔을 몸에 감은 채로 안타까워하며 견디기 어려워하는 이들이 있다. 그런 이들에게 나는 너무 걱정하지 말라고 말해주고 싶다.

물론 누구나 이와 같은 생각을 해본 적이 있을 테다. 혹시 나 때문은 아닌지, 내가 인간관계에 소홀했던 것은 아닌지 하고서 말이다. 분명 당신뿐만이 아니라 다른 사람들도 같은 생각을 해본 적이 있을 테다. 나 역시도 그런 생각을 했던 날이 있다. 고민 끝에서 내가 내린 결론은 그 누구의 잘못도 아니라는 것. 계절이 변하듯 어쩔 수 없는 일이라는 것이다. 그러니 인간관계에 관하여 고심하고 깊이 생각하며, 심각하게 받아들이지 않아도 된다. 인간관계로 인하여 눈물을 흘릴 이유는 더더욱 없다. 당신은 당신만의 삶이 생겨나는 중이고, 당신만의 세상에서 잘 성장하는 중이다.

인간관계에
너무 신경 쓰지 않아도 돼요.

당신을 소중히 여기는
인간관계라면
충분히 당신의 어려움과
바쁜 일상을
이해해 줄 거예요.
그러니 속상해 말아요 우리.

3장

당신이

우정vs사랑

종종 그런 질문들이 오갈 때가 있다. 사랑과 우정 사이에 어떤 것을 우선순위로 둘 것이냐고. 그럼 나는 깊은 고민에 빠지지 않고, 대답한다.

"저는 사랑을 택해요."

물론 친구와의 우정도 중요하고 좋지만, 우정이 빚어진 데는 사랑과 다른 믿음을 공유하기에 스스럼없이 우정보다 사랑이라고 얘기할 수 있는 거다. 내게 사랑은 우정에서 풍기기 어려운 애틋함이 깃들어 있다. 낯간지러운 말과 함께 사랑을 나누며 한데 섞인 사람. 그런 사람의 곁에 오랫동안 머물면서 안아주고 싶다.

내가 원하는 사랑은 이런 것이다. 함께 고이 잠들고, 포근한 이불을 걷으며 일어나는 것. 부스스해진 머리를 털고 사랑하는 사람의 얼굴을 마주하는 것. 눈이 맞으면 가벼이 입맞춤을 나누는 것. 소소하지만 둘만의 세상에서 자그마한 낭만을 즐기는 것.

사랑은 우리네 삶에 가장 원초적인 근본이다. 사랑이 빠진 삶은 씨앗이 없는 꽃과도 같으며 뿌리가 없는 나무와도 같다.

꽃을 사랑하던
한 여인

꽃에 관심이 없는 사람은 있어도 싫어하는 사람은 없다. 나도 꽃을 좋아하는 편은 아니다. 그럼에도 수국이라는 꽃을 바라볼 때면 떠오르는 사람이 있다. 연보라색이 어딘가 잘 어울리는 사람. 파란색의 수국을 좋아하고, 수국이 피어나는 철이 되면 부산에 수국이 많기로 유명한 태종대를 가자고 얘기하는 사람. 어릴 땐 도대체 저런 꽃이 뭐가 예뻐서 사진을 찍고, 보러 가자는 건지 이해하지 못하고 칭얼거리기 바빴다.

어느 정도 나이를 먹으니 꽃을 좋아하고 사진으로 남기는 심정을 이해하기 시작했다. 물론 온전히 처음부터 끝까지는 아니지만, 철없이 말하던 때보다 나아졌다. 이제는 내가 먼저 "수국 보러 갈래?"라며 묻고 있다. 길을 가다 파란색의 수국, 연분홍색의 수국이 보이거든 얼른 휴대폰을 꺼내 들어 셔터를 연신 눌러댄다. 찰칵거리는 소리와 함께 어떻게 하면 더 예쁘게 나올지 고민하며 이리저리 구도를 잡고 있다. 그렇게 고심하며 찍어댄 사진을 보내주는 사람이 있다.

우리 어머니.

어머니 다음에도 수국 보러 가요. 그땐 사진 많이 찍어 남겨두고 싶네요. 남는 건 사진밖에 없다잖아요. 보고 싶을 때 보기 위해. 그리울 때 불러내기 위해. 애틋할 때 만질 수 있기 위해. 사랑해요, 우리 여사씨.

우리 어머니
"김은"자, "옥"자.

사랑 앞에
머뭇거리는 일을
최소화하자

　우리, 사랑하는 게 있다면 두서없이 사랑하도록 하자. 일말의 미련과 후회들이 남지 않게 그 순간에 최선을 다해 보도록 하자. 최선을 다하다 보면 애틋함이 풍기는 건 물론, 나 자신을 깊게 신뢰하게 된다. 그 말인즉슨 내가 거짓 없이 최선을 다했기에 내 마음도 그에 동해 스스로 신뢰하고 어떤 일이라도 자신감이 생길 거라는 얘기다. 사랑에는 정해진 방식이 없고, 틀이 존재하지 않는다. 그렇기에 온전히 내 마음을 전하기도 좋고, 어떠한 것에 구애받지 않아 나만의 방식을 구축해 사랑에 빠질 수 있는 것이 된다.

　그렇게 사랑하며 나라는 사람에 대해 조금 더 자세히 알 수 있다. 당신에게 바라는 게 있다. 사랑에 진심이

되어보자. 단단해 보이는 돌다리도 두드려보고 건너라
고 하지만, 사랑으로 가는 길은 무너지게 되더라도 힘차
게 내디뎌 보자. 사람과 나누는 사랑에는 마음과 육체
가 한데 섞여 알지 못했던 것들도 알게 되니, 지레 겁먹
지 말자. 사랑 앞에 도망가지 말자. 나에게 다가온 사랑
을 진심으로 끌어안아 보자.

누군가를 사랑한다는 것은

사랑한다는 건 나라는 사람을 건넬 수 있는 일이다. 내가 하는 사랑은 물질적으로 보이지 않지만, 농도가 질다고 할 수 있다. 엉켜 있기 좋아하고, 뻔한 것들을 조금 더 챙겨 물어본다. 하루 동안에 뭘 했는지, 밥은 먹었는지, 고민은 없었는지. 또 웃거나 울상을 짓게 된 일은 뭐였는지 등등.

사랑이 그렇다. 상대방에게 말하지 않으면 상대방은 모른다. 누군가에게는 사소한 일상에 불과하지만, 사랑하는 사람이라면 궁금증과 걱정을 앞세울 수밖에 없다. 그런 생각으로 인해 궁핍해지지 않도록 먼저 말해주는 것이다. 먼저 사랑한다 말하고, 먼저 따스한 품으로 안아주는 것처럼. 나라는 사람이 손해 본다 생각하지 말고, 나로 인해 사랑하는 사람이 행복 한 방울 더 얻어 간다는 생각이 좋다.

사랑한다면, 많이 아낀다면. 먼저 나라는 사람을 건네는 건 어떨까. 태도와 행동이면 충분하다. 분명 상대는 과분한 걸 바라는 게 아니라, 일상 속 사소한 것들을 바랄 테다.

사랑은
노력

사랑은 노력이다. 일상 곳곳에 상대방이 좋아하는 것이 있다면 챙겨보려 하고, 살 수 있다면 사서 선물을 하는 것. 자존심을 부리던 것에서 자존심을 굽힐 수 있게 되는 것. 사진을 찍기 싫어하던 내가 사랑을 남기기 위해서라면 셔터 소리를 마다하지 않는 것. 사소한 일에 감동하고, 상대방에게 고마움을 부끄럼 없이 표현할 줄 아는 것. 상대방이 초라해지지 않기 위해, 관계에 있어서 최선을 다하는 것. 후회라는 감정이 스며들지 않게 있을 때 노력하고 사랑하는 것.

어쩌면 내게 사랑은 행복보다 귀하고 없어지면 섭섭해지는 것이 아닐까 곱씹는다. 사랑하기에, 사랑하는 사람이 있기에 비로소 더 행복해진 순간을 살아가는 나를 보면 말이다.

우리네 삶에 수많은 노력이 요하겠지만, 사랑에 관한 노력은 시각적으로도 심적으로도 가장 만족스럽고 행복한 노력이 된다.

평상시에 귀찮아하던 것조차

사랑과 관련된 일이라면

귀찮음을 마다하지 않고

나서서 하는 것처럼.

사랑을 위한 노력은

다르게 말해

사랑하는 이를 위한 진심이라

말할 수 있겠다.

나를 꼭
안아주세요

자신을 질책하며 스스로 들들 볶지 말았으면 한다. 이래도 내가 살아온 세상이고 저래도 내가 살아온 세상이다. 물론 약간의 아쉬움으로 남는 순간들이 있겠지만, 돌아보면 모든 순간의 산물로 지금의 내가 있는 것이다. 나는 그렇게 생각한다. 아쉬운 기억을 추억으로 간직할 수 있을 때, 우리네 삶은 조금 더 윤택해진다고.

하루하루에 최선을 다하고, 뜻깊게 보내면 되는 일이다. 더할 나위 없이 웃을 날은 올 테니, 삭막하게 하루를 보낼 게 아니라 어떻게든 살아갈 날을 기분 좋게 보내면 된다. 그게 점진적으로 쌓이고 쌓여 행복의 나날이 될 수 있다. 현재의 삶에 만족하지 못해 고개 숙일 필요는 없다. 앞으로 행복한 순간들은 꼭 생겨날 테니 걱정 가득한 표정보다 가벼이 미소 지으며 행복하게 살아갔으면 한다.

꽃 한 송이의 삶

꽃은 고운 얼굴을 드러내기까지 수개월을 보낸다. 그 과정에서 나비와 꿀벌 등이 앉았다 가곤 한다. 우리도 마찬가지다. 목표까지 알 수 없는 긴 시간을 보낸다. 고난과 역경도 존재하고, 꽃에 들렀다 가는 것처럼 수많은 사람을 만나고, 보내게 된다. 민들레 홀씨처럼 바람에 날려, 수많은 안녕과 안녕을 말하며.

언젠가 꽃의 존재가 사람과 별반 다를 것이 없다고 여겼던 날들이 있었다. 꽃잎 하나가 떨어졌다고 꽃이 아닌 게 아닌 것처럼. 우리도 그런 셈인 거다. 꼭 사랑받아야 하는 것도 아니며, 항상 행복을 부둥켜안아야 하는 것도 아니다. 모든 삶이 행복할 수 있는 것도 아니며, 그렇다고 모든 삶이 불행한 것도 아니다. 단지 상황에 따라 각자의 처지가 다를 뿐이다.

어떤 사람은 꾸준히 나의 곁을 지키고 있기도 하지만, 또 다른 사람은 난리법석을 부리며 떠나가기도 하는 것이 우리네 삶이다. 그들이 떠났다고 한들 잘 살아오던 내가 갑자기 못 살아가게 되는 것도 아니다. 단지 섭섭한 감정, 아쉬움이 드리울 뿐. 그 이상도 그 이하도 아닌 거다. 나는 그런 당신이 너무 신경 쓰며, 마음 졸이지 않길 바란다. 시간이 흘러 또 다른 이가 당신 곁을 머무를 수 있고, 떠나갈 사람은 어차피 떠나갈 존재였다고 생각하자. 곁을 함께하는 사람과 잘 먹고 잘살면 된다. 그게 최고의 복수이자 큰 행복이다. 꽃이 피듯 우리도 예쁘게 피어날 테다.

알아요
이제는

결국 다 지나가네요. 오늘의 하루도, 힘든 시간도, 행복했던 시간도요. 오래 고민할 필요 없었고, 나 자신을 지치게 오래 붙잡고 있을 필요도 없었는데 말이에요. 이따금 머릿속을 어질고 간 두려움과 고민을 무시했어도 됐을 텐데요.

그래요. 이제는 알아요. 결국에 시간이 지나 또 나는 이런 걱정을 언제 했는지조차도 까먹고서 잘 살아갈 거라는 걸요. 종종 이런 순간도 있어야 나를 되돌아보고, 다시금 나아가는 거라고 믿어요. 떠오르는 고민을 붙잡느라 순간을 놓치지 말고, 잡을 수 있는 순간들은 잡는 것이 좋다는 사실도 이제는 알아요.

결국엔 다 흘러가요. 마냥 짚고 넘어갈 필요 없다는 사실도 이제는 알아요. 내가 잘하는 일과 나를 믿어 주는 사람을 손잡고 나아가면 돼요. 놓치지 말아야 할 건 내게 손을 내밀어 주고, 다독여 주는 사람과의 순간들이에요.

단 하루라도
예쁘지 않은 적이 없다

　생각해 보면 단 하루라도 예쁘지 않았던 적이 없다. 함께하는 우리의 매 순간이 예뻤다. 잠에서 덜 깬 채 눈을 비비고 식탁 앞에 쪼그려 앉아 아침밥 먹는 당신 모습. 아침을 먹고, 모자를 챙기고 밖으로 나가 무작정 손잡고 걷던 우리. 별거 아닌 거에 웃을 줄 알고 아이처럼 뛰어가는 우리가 좋았다.

　물론 우리에게도 아쉬운 순간들은 예고 없이 찾아오기도 했으며, 때로는 슬픈 순간들에 지질맞게 굴기도 했지만, 그래도 괜찮았다. 슬픔이 잠식되지 않을 우리는 앞으로도 예쁨을 덮을 테니까. 우리도, 당신도 예쁘지 않은 날은 없다.

실수 좀 하면 어때

평소와 같지 않게 실수를 남발하는 날이 있다. 잘하던 것들조차도 실수하게 되는 날. 두려워하거나 겁낼 필요 없다고 전하고 싶다. 원숭이가 항상 나무를 잘 타는 게 아닌 것처럼. 축구 선수들이 항상 골을 잘 넣고, 잘 막는 게 아닌 것처럼. 마냥 잘 되는 게 멋있는 게 아니라, 잘못해도 해내기 위해 노력하는 모습이 가장 멋있는 것이다. 그런 모습을 보고 마음에서 감동이 일어나 박수를 보내는 것이다.

마음과는 다르게 실수하게 되더라도 너무 심각하게 받아들이지 말자. 왜 그렇지라며 의문점과 궁금증을 가지고 원인을 알아내는 것은 좋다. 대신 스스로 조각하듯 깎아내리는 것이 아니라 다독이며 그럴 때도 있는 거라고 다잡을 줄 아는 것. "나는 왜 이렇게 못하지"가 아니라 "다음엔 더 잘해야지"라는 생각을 가지는 것. 우리는 그렇게 다음을 기약할 줄도 아는 사람이니까.

괜찮아요. 우리에게는
다음이란 기회가 있으니까요.

매일 날씨가 다른 것처럼
이런 날도, 저런 날도
있는 게 아닐까요.

좌절하지 않고,
미소 잊지 않기를 바라요.
충분히 잘 해낼 당신에게
전합니다.

취미와 취향이
같은 사람

삶을 살아가다 보면 유난히 잘 맞는 사람이 있어요. 식성도, 생각도, 가치관과 행동까지도 말이에요. 이렇게 똑같을 수가 있나 싶은 생각이 들 정도로 말이에요. 가끔 이런 생각을 하기도 해요. 나와 유난히 잘 맞는 사람이 있다는 건 축복과 같은 일이지 않을까, 라고.

그렇잖아요. 비슷해 보여도 세상 사람 전부 다르잖아요. 식성이 같아도 생각이 다를 수가 있고, 생각이 같아도 가치관이 다를 수가 있잖아요. 또 가치관이 같아도 삶을 이끌어가는 방향은 다를 수도 있는 거고요. 하나부터 열까지 전부 잘 맞는 사람이 있다는 건 정말 큰 행복이지 않을까요. 서로가 힘들고 지칠 땐 믿고 기댈 수 있고, 어깨를 내어줄 수 있으니까요. 그런 사람이 있다면 반드시 꼭 붙잡았으면 좋겠어요. 또다시 그런 사람을 만나기까지 얼마나 많은 시간을 소비해야 할지 아무도 모르는 일이니까요. 부디 그런 사람이 있다면 허송세월 보내지 말고, 함께할 수 있길 바라요.

평범한 듯
평범하지 않은 것

내가 바라는 것은 거창한 게 아닌, 아프지 않고 사랑하는 사람과 추억을 만들며 좋은 날을 살아가는 것. 하루하루를 버텨낸다는 생각보다 오늘도 나름 괜찮았다며 마무리 짓는 사람이 되는 것. 맛있는 밥을 느긋하게 음미하며 먹고 기분이 좋아지는 것. 사랑하는 사람과 겨울을 맞이하는 것. 내가 하고 싶은 것들을 조금씩 이뤄내며 살아가는 것.

누군가에게는 평범한 일상에 불과할 수 있지만, 다른 누군가는 하나조차 어려울 수도 있다는 걸 안다. 내가 바라는 것도 별반 다를 게 없다. 퍼즐을 완성하기 위해 조각을 맞추듯 누구에게나 평범한 일상의 조각들을 끼워보며 우리를 완성해 가는 것이다. 평범한 듯 평범하지 않게. 아침을 맞이하고 저녁을 기다리며.

당신에게 쓰는
편지

"우여곡절도 있겠지만, 웃음과 행복 하나만큼은 확실
하다 장담할 테니 앞으로도 나와 긴 삶의 여정을 함께해
주세요."

유쾌하게 시작할까, 감동이 느껴지도록 시작할까, 아
니면 담담하게 시작할까. 당신에게 보내는 편지의 첫
문장을 어떻게 시작해야 할지 수없이 고민하며 썼다 지
웠다. 생각 끝에 당신에게 하는 부탁이자 내가 바라는
점을 적었다. 사랑하는 당신에게 줄 수 있는 나의 확신
을.

어여쁜 당신은 내겐 네잎클로버 같은 존재다. 당신
을 만나기 전, 나는 결핍된 삶을 살았다. 사랑받는 걸 좋

아하고 애정을 갈망하면서도, 그 마음을 온전히 채워줄 사람은 없었다. 하지만 당신은 사뭇 달랐다. 처음과 지금을 견주어도 달라지지 않으며, 끊임없이 애정을 표현해 주었다. 사랑하는 관계에서 가장 중요한 건 한결같음이라 여기는데, 당신은 늘 그걸 지켜왔다. 당신을 만난 건 큰 행운이다. 흔치 않은 사람이니까. 변치 않는 사람이니까. 부끄러워하지 않고 솔직하게 표현할 줄 아는 사람이니까. 나는 그런 당신이 좋다.

나는 당신에게 약속한다. 삶의 긴 여정 속 어떤 우여곡절이 찾아와도 붙잡고 있는 두 손을 절대로 놓지 않겠다고. 우리에게 소중한 웃음과 행복 또한 잃지 않게 애쓰겠다고. 네잎클로버 같은 당신을 내 품에 안았으니, 이제 내가 당신의 품에 풍요로움을 선물해주겠다고. 결핍이란 단어가 무용지물로 치부할 수 있도록, 매일 밤 당신이 눈웃음을 지으며 잠들 수 있게.

사랑하는데
아프지는
말아야지

　　사랑하는 일에 중요한 건 감정이 다치지 않는 것이다. 감정은 생각보다 예민해서 상하기 시작하면 제아무리 좋아하는 일이어도 오래가지 못하게 만든다. 되도록 다치지 않고, 문드러지지 않는 선에서 마음을 나누는 것이 가장 이상적인 사랑이다. 곁에 오래 두고 싶어지니까. 사랑하는 마음을 온전히 주고 싶으니까.

　　감정을 다치지 않게 만드는 방법은 여러 방법이 있겠지만, 가장 좋은 방법은 나를 챙기는 것이다. 다시 말해 사랑하는 마음은 알겠으나 항상 1순위가 되어야 하는 것은 다름이 아닌 나 자신이 돼야 한다는 것. 나를 우선시하지 않고 마음을 건넨다는 건 잃기 쉬운 사랑이 돼버리곤 하니까.

잊지 말자. 나를 보살필 줄 알고 나를 달랠 줄 알며 사랑해야 한다. 나를 지켜내고자 하는 마음이 생기면 내가 좋아하고 사랑하는 것들 또한 지켜내려 노력하게 되니, 감정이 다치는 경우가 덜하게 되는 것이다. 더러 사랑하는 사람에게 큰 기대감을 쏟지 않는 편이 좋다. 대신 믿음을 얻기 위해 노력하는 것은 좋다. 기대는 사랑을 쉽게 넘어지게 만드니, 기대보다는 믿음을 필두로 사랑하자.

함께라는
아름다움

내가 배경이 되어 사진첩에 고스란히 당신이란 사람을 넣고, 앞으로 있을 여생을 유유히 걷고 싶다. 빼곡히 채워온 아름다움에 나와 함께인 당신이 너무나 잘 어울리겠다. 인연이랄까. 아름다운 당신에 걸맞은 날들을 즐겼으면 싶다. 앞으로 힘든 일이 생겨 걸어가는 길이 고되지는 않을까 싶어 조금 더 편하고 예쁜 신발을 신겨 줘야겠다.

밤이면 편안한 옷차림으로 산책하며 한가로이 공원을 거닐고 싶다. 당신의 머리는 내 어깨에 기대고 팔짱을 낀 채로. 힘든 일도, 행복도, 우여곡절도 있겠지만 우리가 살아온 날들이 절대 헛되지 않고 아름다웠다고. 지금의 우리가 만나는 순간까지도 아름다울 것이라고.

비록 당신의 삶이 질퍽거릴지언정 이제는 나와 여생을 살아갈 테고, 홀로 외롭고 힘들지만은 않을 테니 큰 걱정이 없었으면 좋겠다.

하루를 달래는 문장을 매일 전해주고, 엉겨 붙은 당신을 품에 안아 고생 많았다며 쓰다듬어줘야겠다. 기분이 상했을 때면 먼저 기분을 풀어주기 위해 꼭 끌어안고서 무슨 일이냐며 알아줘야겠다. 달콤한 디저트를 먹으러 가자고 내가 항상 먼저 꼬셔내야겠다. 어딘가 화가나 있다면 묵묵히 곁을 자리하며, 나아지기 위한 재롱도 떨어봐야겠다. 실은 부끄럼 많은 나라서 새빨개진 얼굴로 쭈뼛거리겠지만, 끝내 당신이 웃을 수만 있다면 나는 뭐든 좋다. 이 모든 일이 내게 당신이 가장 소중하다는 증거이자, 존재라는 것을 증명한다.

무슨 일이 있어도 지켜내겠다던 나의 소망과 약속들이 수두룩하지만, 아름다운 당신을 만나 내가 행복할 수 있기에. 물론 내가 바라는 이 소망들은 당신이 나와 함께 살아간다는 가정하에 존재하는 것이다. 그렇기에 당

신도 나와 여생을 함께하고 싶어 하길 바라는 마음이
다. 앞으로도 아름답게 살아갈 테고, 행복해질 우리. 존
재만으로도 아름답지만, 결이 잘 맞는 우리라서 더 돋보
이는 아름다움이 순간들을 이룰 테다.

초록과 파랑의 마음으로
당신의 든든한 배경이 되어야지.
어여쁜 네가 내 품에서 편하게
뛰어놀 수 있도록.

4장

좋다

회복 탄력성

　다짐한다는 것은 조금 더 삶을 의욕 있게 살아가기 위한 수단이 되기도 한다. 무언가를 이루거나 해내기 위해 한다는 뜻이니까. 다짐하고 목표나 계획을 세우며 앞으로 나의 방향성을 생각하는 일. 움직이지 않으면 근육이 굳어 부상의 위험이 생기는 것처럼. 자전거를 오랫동안 타지 않고, 관리하지 않아 체인에 녹이 슬고, 타이어에 바람이 빠지는 것처럼. 사용하지 않아 활성화된 상태가 아니라면 우리의 뇌 또한 마찬가지가 된다.

　다짐함으로써 이뤄내기 위해 고심하고, 후회 없는 시간을 갖는 게 좋다. 우리는 사람이라서 욕심은 차고 넘칠 테니, 다짐하고 이뤄내며 차근차근 나를 이루는 거다. 그러다 보면 금세 또 멀리 나아가는 나 자신을 발견

한 순간이 올 테다. 그때는 또 그 순간의 고민에 빠질 테고, 앞으로의 계획을 세울 수 있을 테다. 그것들이 한데 어울려 작은 원동력이 된다. 혹여나 나태해지는 순간이 찾아오더라도 고무와 같이 탄력을 잃지 않고 다시금 제자리로 되돌아가며 살아갈 테다. 미래를 너무 걱정하며 앞선 하루하루를 사는 것보다 지금 당장 내가 할 수 있는 일들을 하나씩 해보는 건 어떨까 싶다.

우리 돌이 아니에요

  꼭 단단해야만 하는 건 아니다. 나를 싫어하는 사람으로부터 애를 먹을 필요도 없다. 나를 싫어한다면 나도 똑같이 미워하고 싫어하면 될 일이다. 당신이 마음에 품은 크기만큼 싫어해도 좋다. 그래야 미련도 남지 않을 테니. 함께 돕고 사는 게 인간이 사는 세상이라지만, 자신의 이득을 위해서라면 나쁜 모습이 나오는 게 인간이 사는 세상일지도 모르겠다. 어쩌면 가장 추악할지도 모르겠다. 남들이 내게 어떠한 부정적인 말을 하더라도 휘둘리지 않고 나의 삶을 살아가면 된다. 어차피 그 사람들은 내 곁에서 떨어져 나갈 사람들이다. 그러니 모두에게 좋은 사람으로 기억되려 하지 않아도 된다.

삶이라는 게 그런 것 같다. 스스로 동요하지 않고, 잘 살아내는 것. 그게 가장 중요하면서도 온전히 나를 지켜내며 살아갈 방법이 되기도 한다.

수평선
저 너머
파도도 치고 있다

　파도는 끊임없이 치고 물살은 끝없이 밀려온다. 태풍이 몰아쳐도, 비가 오나 눈이 오나 언제나 한결같이 말이다. 소리만 달라질 뿐 자신이 해야 할 일을 무덤덤하게 해낸다.

　어쩌면 우리도 이와 별반 다를 것이 없다. 하루를 살아가기 위해 매일 아침 눈을 뜨고, 매일 밤이면 눈을 감고, 허기짐을 달래기 위해 밥을 챙겨 먹는 것. 때론 커피를 즐기고, 가끔은 디저트를 챙겨 먹기도 하고. 해야 할 일을 묵묵히 하며 살아가는 것. 입으로는 싫다고 하지만, 다 때려치우고 싶다는 감정도 울컥 들 때가 있지만, 꿋꿋이 버틴다. 어떤 일이 있어도 해야 할 일을 기어코 해치우는 우리처럼. 언제나 한결같은 파도처럼. 너무 걱정할 필요 없다는 얘기다. 어떠한 일이 있어도 우리는 우리가 해야 할 몫을 해낸다. 결과가 중요할 수도 있지만, 침울해지거나 자책하지 않는 것이 중요하다. 마음처럼 풀리지 않는 일에 속상해 말고, 결국 당신은 떳떳하게 살아갈 테다. 훗날 잘 풀리는 순간이 오거든 숨 깊게 들이마시며 그 순간을 즐길 수 있으면 된다. 침울이란 감정 속에는 배울 점이 그리 많지 않으니 거리를 두자. 다만 당신이 즐겁고 행복할 땐 그 순간 속에서 배울점을 찾아내어 당신의 삶에 잘 녹여내면 좋겠다.

그동안 고생 많았던 당신의 오늘 밤은 부디 안온하길 바라며. 애정하는 당신에게.

서투를수록
성장한다

우리는 서투를 수밖에 없다. 모든 게 처음이고 배우는 것은 어색하고, 미숙할 수밖에 없다. 그게 맡은 일이 될 수도 있고, 현재 내가 위치한 자리일 수도 있다. 우린 그런 미숙함에 힘겨워할 필요 없다. 당연한 사실에 연연하다 보면 다리가 풀리기 십상이며 발걸음을 내딛기 힘들어지기도 한다.

우리가 가장 크게 성장하는 경우는 서투름과 두려움 속이다. 배우는 과정 속 스스로의 한계를 알게 되기도 하고, 문제점을 깨우치기도 한다. 섣부를 필요는 없다. 두려울 필요 또한 없다. 하다 보면 눈에 익기 시작하고 몸에 배게 되는 것처럼. 우리는 다음을 알게 되고, 한 발자국 나아가는 거다. 어쩌면 이 모든 것들 또한 순리대

로 흘러가는 것. 시간이 흘러 내게 경험이 되고, 앞으로
도전과 시작에 시발점이 될 수도 있다.

처음엔 모든 일이 기울어져 보이겠지만, 이내 중심을
잘 잡는 당신을 만날 수 있을 것이다.

고민이라는
양분

멈칫하는 순간들이 있기 마련이다. 무수한 고민이 쏟아지는 순간. 선택의 갈림이 생겼다는 건 더 나은 걸 고르기 위한 순간을 직면한 것이니, 충분히 고민하고 결정해도 좋다고 말해주고 싶다. 대신에 결정 끝에 고민을 끝마쳤다면 이후로 큰 산을 넘은 것이니 앞서 두려워 말라 전하고 싶다. 긴 고민 끝 당신이 그 결과를 선택한 이유는 반드시 있을 테니 말이다. 그거면 된 거다. 나 자신을 믿고 펼쳐 나갈 수 있는 것.

당신이 가진 힘을
스스로는 잘 모르겠지만,
세상을 살아가기에 모자람 없이
충분하다.

스스로에 대한 믿음이 있다면
결코 누가 뭐래도 당신은
곧잘 해낼 테다.

"할 수 있고, 하면 된다."

미소가
많아졌습니다

　　나는 늘 웃고 있었다. 당신과 함께인 매일이 기대돼서. 내일을 떠올리며 잠을 청할 수 있어서. 웃을 수 있던 가장 큰 이유는 대화가 수월하게 잘 통하고, 종종 우리 사이에 비슷한 구석이 있다는 게 내 웃음을 담당한다. 내일의 우리는 또 어떤 재미난 이야기를 나누고 있을지 기대가 되고, 또 어떤 일로 맞장구치며 공통점을 찾고 서로에게 스며들지 기대된다. 다음에 우리 어디 가보자며 미래를 계획하는 일은 나의 입꼬리를 들썩이게 만든다. 어느새 툭하고 한 말을 같이 하자고 전할 수 있는 사이가 된 것에 나는 또 웃음을 지을 수밖에 없다. 당신을 만나고 미소가 많아졌다.

사랑하기 좋은
계절

　사랑하는 사람과 겨울을 보낸다는 건 제법 사랑스러운 일이 된다. 몸도 마음도 얼어붙을 날씨, 더군다나 애정 표현을 쉽게 하기 어려운 때에 말이다. 호호 불면 나오는 입김에 이거 봐보라며 서로 마주한 채 입술을 내밀고서 호호 불어 보고. 호주머니에 넣으면 따듯할 걸 알면서도 손 시리다며 괜스레 손을 맞잡아 비벼 보고. 꼬깃꼬깃 넣고 다니던 천 원 지폐로 사 먹는 붕어빵을 머리에서부터 먹는지 꼬리에서부터 먹는지 시시콜콜 이야기 나누고. 목도리를 매어 주는 것처럼 혼자서도 할 수 있는 일을 대신해 주는 일련의 행위들이 다분한 계절. 겨울에만 할 수 있는 애정의 표현들이 때 묻지 않아 좋다. 꾸밈 하나 없이 아이 같은 모습이 되어 서로를 바라볼 수 있는 겨울의 사랑을 편애한다.

각각의 계절에서만 할 수 있는 사랑이 있다. 겨울을 예로 들자면, 추위 속에서도 이쁜 꽃이 피어난다는 것을 알게 된다. 펑펑 내린 눈을 한껏 굴려 눈사람도 만들어 보고, 눈오리도 만들어 보고. 눈싸움도 해보고. 잔뜩 눈에 맞은 서로를 바라보며 함박웃음 짓느라 시간 가는 줄도 모른 채 함께하는 것. 또 힘든 일이 있을 때면 춥다는 핑계로 서로의 품을 내어주기도 좋다. 실타래처럼 엉킨 머리 아픈 고민과 복잡하기만 했던 심정들이 사랑하는 사람의 품에서 눈 녹듯 사그라들게 된다. 분명 마음은 가벼워지고, 무겁게 가라앉은 기분과 입꼬리는 한껏 올라간 서로를 마주할 수 있다. 사랑하는 당신이 있기에 함께 보내는 겨울은 마냥 추운 계절이 아니게 된다.

그런 사랑을 하는 거다. 계절에 맞춰 우리가 할 수 있는 사랑을 유영하는 것. 더불어 우리만이 할 수 있는 대화와 장난, 표현 방식까지. 사랑하고, 고맙고. 때문이라는 말보다 덕분이라는 말을 애정하는 내게 가장 어울리는 당신. 내가 가장하는 사랑하는 사람.

은은함이
풍기는 사람

　은은하게 퍼지는 걸 좋아하는데, 유난히 향수를 편애한다. 특히나 잔향을 좋아해 나가기 1시간 전에 뿌려두는 습관도 생겼다. 처음 향수에 관심이 생겼을 무렵엔 효과적으로 뿌리는 방법을 찾아보기도 했었다. 어떤 날에는 우연히 풍겨오는 향을 맡고 어떤 종류의 향인지 연신 고민하며 음미했던 날도 있었다.

　뭐든 은은하게 풍기는 게 좋다. 나무 냄새가 숲속을 은은하게 물들이는 것처럼, 사람이 지나가며 샴푸 향이 은은하게 나는 것처럼. 은은하게 풍기는 것들은 요란스럽지 않게 사람의 마음을 움직인다. 가끔 나는 사람의 기억도 같다고 생각한다. 강렬한 향도 기억 속에 남을 수 있지만, 머릿속에 각인되고 추억하기 좋은 향은 은

은한 향이다. 앞으로 바라는 게 있다면, 나 또한 누군가
에게 은은하게 풍기는 사람이고 싶다. 다음을 기약하고
싶어지는 사람으로. 은은함에 매료돼 품에 안기고 싶은
사람으로 살아가고 싶다.

동화되다

웃음이 끊이질 않는 사람이 있다는 건 마음에 아름다운 선율이 흐르는 일이며, 나의 입꼬리를 주체하지 못하게 만드는 사람이 있다는 건 마음이 사랑으로 가고 있다는 뜻이고, 편안한 분위기에 마음을 누이고 싶은 사람이 있다면 그것은 이미 사랑에 빠져있는 상태이다.

편안함은 거리감을 좁히고, 사랑이 자랄 수 있게 만든다. 그 과정에서 서로에 대해 모르던 부분을 알게 되며, 나라는 사람을 다시금 알게 되기도 한다. 시간이 지나, 나보다 나를 더 잘 아는 당신이 되고. 당신보다 당신을 더 잘 아는 내가 되고. 나는 이것을 사람과 사람의 동화라고 말한다.

"하나가 되어가는 것."

　당신과 동화되어 동화 같은 이야기를 풀어내고 싶다. 이야기에 배경은 어디든 좋다. 그저 나와 당신. 이렇게 둘만 있으면 된다.

추신 : '동화되다' 성질, 양식, 사상 따위가 다르던 것이 서로 같게 됨.

사랑의
방식

삶에는 형식이라는 것도 있고, 틀이라는 개념도 있다. 간혹 형식과 틀이 존재하지 않는 것들이 있는데, 가장 대표적인 것이 사랑이다.

사랑에는 형식이 없고, 모양과 틀을 갖추지 않는다. 더불어 개인마다 가진 사랑의 방식과 농도는 다르다. 누구는 1%의 사랑의 농도를 갖는다면, 또 누군가는 100% 농도 짙은 사랑을 갖기도 한다. 그렇다고 1%의 사랑은 사랑이 아닌 게 아니다. 둘 다 같은 사랑이다. 그 말은 즉, 사랑할 때 다른 사랑을 모방할 필요가 없다는 뜻이다. 사랑은 자신이 하고 싶은 방식과 방향을 갖고 상대방에게 전하는 것이다. 그게 본질적인 사랑이고, 고유한 사랑의 방식이 되며, 우리만의 사랑이 된다.

서툴고 어렵겠지만, 사랑에 대해 자신만의 방식이 생긴다면, 자신이 건네는 사랑의 모양처럼 전할 수 있는 순간이 온다. 그때서야 비로소 서로에 대한 신뢰가 형성되고, 사랑 앞에 한층 더 성장한 내가 된다.

세상살이. 내 뜻대로 되는 일 하나도 없지만, 내가 하는 사랑만큼은 나만의 방식으로.

사랑은 화려해야만
할 필요는 없으며,

남의 행복을 따라야
할 필요 또한 없다.

사소하더라도
우리가 웃을 수 있고,
행복하다고 느낀다면
그것만으로도
그 사랑은 충분하다.

돌아보니
아름다웠던
순간들

　망설이며 시작하지 않는 일이 있을지언정 시작했다
면 할 수 없는 일은 없다. 물론 인생의 판단은 나 자신이
내리는 것이 맞지만, 쉽게 단정 짓지 않길 바라는 마음
이다. 잘 안된 것이 아니라 단지 원하는 목표까지 다다
르지 못한 것일 뿐. 그냥 쉽게 망해버리고 답이 없는 것
은 아니라는 것을 알려주고 싶다.

　너무 속상해하며, 실망의 연속이지 않길 바란다. 잘
풀리던 일이 꼬일 수도 있는 반면에, 잘 풀리지 않던 일
이 어느 순간 잘 풀릴 수도 있다. 우리에게 다가올 삶의
앞날들은 어떤 모습으로 우리에게 다가올지 아무도 알
수 없다. 그렇기에 살아온 일에 대한 한탄 속에서 다가
오지 않은 우리의 남은 삶까지 태워내야만 하는 이유는

하나도 존재하지 않는다. 지금까지 당신이 그만큼 해냈고, 해내며 지내왔다. 잘 살아왔기에 지금이 존재하고, 살아있다고 얘기해 주고 싶다.

헛되지 않았고, 잘 살아가고 있고, 잘 살아내는 중이다. 고생 많다, 당신. 번거로움도 많을 테지만 앞으로 다가올 한 티끌에 불과하다는 슬픈 얘기를 작게 건넨다. 티끌에 주저할 당신이 아니라는 것을 안다. 조바심에 마음을 졸이던 참이었다면 이제는 가볍게 내려놓고 살아가는 방법도 있으니 고려해 보라고 알려주고 싶다. 무거운 마음을 짊어지고 살아갈지도 모르는 당신이 쓰러지지는 않을까 싶은 걱정에 작은 도움이 되었으면 좋겠다. 아름답게 살아내고 있는 당신을 나는 응원한다. 그러니 당신은 스스로에 대한 믿음을 굳게 다지며 살아갔으면 좋겠다.

두려워 말라고
얘기해 줄 걸

내가 도태되지는 않을까 걱정했던 때가 있다. 나라는 사람이 영영 묻히게 될까 봐. 나를 아는 사람들조차도 기억 속에서 나를 잊을까 봐. 지금도 여전히 그런 생각들을 가끔 하지만, 나를 모질게 구는 것이 내 자신이었던 것은 아니었을까 싶다. 결국 도태라는 건 내 마음가짐에서 비롯된 것이고, 비롯된 것에서 되새김질하니 도태라는 두려움이 여태 나와 공생한 것이 아닐까 싶다.

마음 편히 먹었으면 좋았을 것이라 내뱉지만, 지금이라도 나에게 들려주고, 알려줄 수 있게 된 것이 만족스럽다. 나 자신이 만족하지 않으면 이 불안의 허기짐은 나를 갉아 먹고 살 테니. 나를 위해서라도 다행인 것이다.

절대 헛되지 않았다. 도태되지 않을까 경계하며 발버
둥 쳤던 시간이 내게 양분이 되기도 하며, 그것들이 지
금의 나를 이루기 위한 부분이기도 할 테니. 시간을 조
금이라도 되돌릴 수 있다면 너무 일찍부터 두려워 말라
고 전해주고 싶다. 두려움이 당신의 눈을 가리더라도
당신은 기어코 두려움의 손을 치워낼 것이라고….

불안에서
안정까지

이 글을 읽는 당신이 감정에 종종 지배당하거나, 방황한다면 심적인 여유를 가져보라고 말해주고 싶다. 어딘가 마음에 들지 않거나 자신에게 주어진 상황이 바빠 무엇인가 고갈되었을 수도 있으니 말이다. 모든 사람이 이러한 이유는 아니겠지만, 대체로 그런 사람들이 많았기에 그렇다.

이럴 때 제일 좋은 방법은 신경 쓰고 있는 일을 잠시 내려놓는 것이다. 가장 쉬운 방법이면서 동시에 효과도 가장 좋다. 이마저도 어렵다면 욕심과 기대를 모두 낮추는 것이다. 욕심이 생기기 시작하면, 감정은 쉽게 요동치기 마련이다. 반면에 기대를 낮추면 결과와 과정에서 실망하는 일이 부쩍 줄고, 오히려 의도치 않게 잘 되는 행운이 따라주기도 한다.

힘을 빼야 물 위에서도 몸을 띄울 수 있는 법. 우리네 삶도 별반 다르지 않다. 심호흡하며 감정에 가라앉지 않는 일. 불안함에 범람 당하지 않고 나를 돌볼 줄 아는 일. 하루아침에 바뀌긴 어렵겠지만, 파도치던 당신의 감정은 어느 순간 잔잔한 물결로 바뀌어 있을 것이며, 여유롭게 유영하는 자신을 볼 수 있게 될 것이다.

되새김질

어떻게 살아가지라며
걱정 섞인 말을 투덜거린지
얼마 되지 않은 것 같은데,

무탈히 잘 흘러가길 바라는 마음에
욕심부리는 건 아닌가 싶었던 요즘.

그래도 좋은 사람 만나 행복하게
웃으며 살아봐야겠다고 다짐한다.

조금 단순히 생각하니
나 여태 잘 살아냈기에 지금까지
살아온 것일 테고, 살아가는 게 아닐까 싶다.

여유롭고, 무던하길 바라고.
나름대로 잘 살아가고 있고,
잘 살아왔다고 본다.

잘하고 있다. 나 분명.

권태기

가끔 특별한 일이 없음에도, 권태로움을 느낄 때가 있다. 단지 두려움을 경계하고 살았는데, 뜻하지 않은 권태로움에 당황해서 하던 것들조차도 머뭇거리며 주저하는 순간이 있다는 뜻이다. 나는 스스로 잘 살아내고 있다고 생각했는데, 알아차리고 나니 그래서 그랬구나 싶은 감정과 생각이 드는 순간. 차라리 알고 나니 괜찮다는 생각도 종종 한다. 상처가 생기고 눈으로 보지 않는 한 간지럽기만 하지 않던가. 이후 눈으로 보고 나서야 통증이 생기곤 하는데, 권태는 이러한 상처와는 다르다. 알고 나니 더 힘들어지는 것이 아니라, 깨닫고 나면 하던 것들을 묵묵히 하게 만든다. 어쩌면 마음먹기에 달린 마인드 셋이 중요한 게 아닐까 싶다. 깨닫고 난 후, 인정하고 나아가는 것은 생각보다 그리 어렵지 않다. 되려 알게 돼 마음이 한결 편해지고, 앞으로 나아가기 쉬워지는 발판이 되기도 한다.

당신이 권태를 너무 원망스러워하지 않았으면 한다. 열심히 살았든 그렇지 않든 권태로움은 순간순간에 찾아오는 감정이니, 잠시 운전하다가 휴게소를 들리는 것처럼 권태라는 감정도 잠깐 찾아온 것이라 여긴다면 오히려 마음이 무겁지 않을 것이다. 쉬었다 가라는 쉼표처럼 시간을 내어주어도 크게 문제가 생기지 않으니, 걱정과 긴장 속에 나를 욱여넣지 말자. 쉼으로써 내딛기 좋은 발판이 되기도 할 테니, 새로운 출발점이라 생각해 보자. 그동안 내가 해온 것과 이뤄온 것들을 둘러보고, 내 주위를 정리하고 챙기기도 하자. 그럼 권태로움은 다시금 자리를 뜨고, 나도 일어나기 좋은, 해가 쨍쨍한 순간을 맞이할 테다.

추운 날씨에
몸이 움츠러드는 것이
당연한 것처럼,
걱정과 권태로움에
그럴 수 있다.

그렇지만 좋은 해에
만개하기 위함이라면
미리 준비할 수 있어야 한다.
어렵겠지만, 천천히.

5장

에필로그

사랑 앞에 어린아이가 되곤 한다

사랑을 하면 여려질 수밖에 없다. 사랑하니까 서운하고, 질투하고, 신경이 쓰이고, 눈물을 흘리기도 하며 고민이 많아지는 거다. 전혀 이상한 일이 아니라는 뜻이다. 아끼는 마음에 걱정이 생기고, 두려움이 있는 거다. 우리는 그럴 때면 사랑에 관해 얘기하면 된다. 함께 의논하고 맞추어 사랑의 밀도를 채워가는 거다. 두려움에 웅크리면 앞을 내다보지 못하게 되는 것처럼, 마주치는 것에는 마주하는 것이 맞다. 여린 마음을 탓할 게 아니라, 스스로 다독이며 이해해 주고, 사랑하는 이에게 솔직해지면 된다.

존중할 줄
아는 사람

　우리는 각자 다른 삶을 살아오며 경험한 것도 다를뿐
더러 성향과 취향 모든 것들이 다르다. 이따금 사랑하
는 사람과 맞지 않는 부분들로 싸우기도 한다. 그 과정
에서 맞지 않는 것을 견디지 못한다면 이별이 되고, 그
것을 견뎌내면 더 아름다운 사랑으로 나아간다.

　나는 그런 사람이 좋다. 맞지 않아 불편할 수 있지만,
다른 삶을 살아 그런 거라며 이해하고 존중할 줄 아는
사람. 우리의 사랑을 쉽게 포기하지 않고 함께 맞춰 보
려고 노력하는 사람. 신뢰에 금이 가지 않게 최선을 다
하고, 함부로 의심하며 않는 사람. 나아가, 막연한 미래
를 두려워하지 않으며 기대하게 만들어 주는 사람.

서로에 대한 존중을 잃지 않는 사랑은 미래로 가는 길목에 징검다리를 만든다. 그리고 그 사랑은 머나먼 미래로 건너간다.

내 사람,
내 사랑

　누구에게나 소중한 사람은 있다. 나의 이야기를 진솔하게 들어주고, 장난칠 때는 같이 장난을 쳐주는 사람. 시원하게 털어놓기 어려운 얘기들을 털어두기 편한 사람. 숨겨야만 할 것 같은 사정을 괜찮다며, 어르고 달래듯 소중히 대해주는 사람. 같이 있을 때 편안함이 주를 이뤄 행복한 순간을 느끼게 해주는 사람. "그러니까"라며 맞장구 잘 쳐 주는 사람. 사람들과 함께일 때면 무뚝뚝하고 차가운 사람이지만, 단둘이 있을 때면 한없이 표현도 많고, 애교가 많아지는 사람. 가볍게 여길 법한 일에도 진심으로 알아주고, 관심 가져주는 사람.

　그중에서 말하지 않아도 자신의 일상을 공유해 주며, 서로의 삶에 자연스레 녹아든 관계를 이루고 있는 사람. 잃고 싶지 않은 단 하나뿐인 소중한 사람. 앞으로도 미래를 계획하고 함께 꾸려가고 싶은 내 사람이자, 내 사랑.

우리는 그런 사랑을 하며 살아가고 싶은 마음이 있다. 그런 사람을 곁에 두고서 기대를 품고 불안이 생기기도 하겠지만, 나름대로 즐기고 순간을 행복하게 만들어 보자. 소중하지 않은 사람은 없는 것처럼. 당신 곁에도 분명 그런 사람 있을 테다.

백년가약

웃는 모습이 예쁘다고 자꾸만 주입식 교육처럼 알려주는 사람. 시무룩하던 나를 알아채고서 따스한 말을 먼저 건네주는 사람. 복잡하던 머릿속을 헤쳐가며 나의 행복을 끄집어내 주는 사람. 웃음기라곤 찾아볼 수 없던 내 입꼬리를 지그시 올려주는 사람. 함께 있는 시간 동안 적막함이 흘러도 전혀 불편함이 없는 사람. 무엇보다 앞으로가 기대되고 미래를 기약하고 싶은 사람.

마음 맞는 사람이 있다는 건 소중한 사람이 생겼다는 뜻이고. 그런 사람이 내 곁에 있다는 건 인생에 가장 중요한 동반자가 생겼다는 뜻이다. 장난스레 새끼손가락을 걸어본다. 엄지손가락으로 도장을 찍고 속으로 외쳐본다.

당신과의 백년가약.

정말로 사랑한다면

애정의 관계 속 불만은 표출하는 게 좋다. 속으로 참는 것도 한계가 존재하고, 멍하니 있으면 상대방은 모른다. 우리는 표현을 해야만 상대방이 알 수 있고, 나의 상태 또한 알 수 있다. 감추는 것보다 솔직하게 표현하고 상대방과 나의 사이를 좁혀내는 일이 중요하다. 이때 좁혀지지 않는다고 등을 돌리는 일도 옳지 않다. 속상함은 끝내 시간이 흘러 치유될 수 있다지만, 상황을 되풀이하지 않기 위해 순간을 우습게 넘긴다든지, 가벼이 여기지는 않아야 한다.

잊지 말아야 한다. 내가 사랑하는 사람이 누구인지, 사랑하는 사람이 미워서인지, 상황이 미운 것인지. 처음 좋아하는 마음은 어땠는지. 나의 일상은 정말 변함이 없었는지 말이다.

정말로 사랑한다면
마음을 제때 표현하기로 해요.

그리고 잊지 않기로 해요.
처음 사랑한다고 말했었던
그때의 감정을.

당연한 일

　당신이 하는 일에 대해 큰 걱정하지 않길 바란다. 우리 모두 처음 사는 인생이니, 못 하는 것이 수두룩한 건 당연하다. 처음부터 잘되지 않는다고 하여 낙심할 필요 없다. 걱정은 자존감을 낮추고 자신을 괴롭게 할 뿐, 당신에게 이로운 도움을 주지 못한다.

　우리는 알게 모르게 가진 힘이 있다. 바로 무한히 노력할 수 있다는 것. 시간이 얼마나 걸리든 포기하지 않는다면 끝내 이뤄낼 수 있다는 것. 언제든 새로운 기회는 분명 만들어낼 수 있다는 것. 가장 중요한 것은 할 수 있다는 마음가짐을 잃지 않는 것이다. 하지 못할 것이라는 푸념보다, 해낼 수 있다고 속삭임을 나에게 해보자.

언제나 그렇듯 당신이 잘되길 응원한다. 걱정에 머뭇 거리던 당신이 박차고 성공하길 바란다. 안 되면 어쩌 지 하는 생각보다, 무수한 방법을 꿰차고 해내기를 바란 다. 우리는 무한한 가능성을 가진 사람이고, 더 나아질 수 있는 사람임을 스스로 잊지 않았으면 좋겠다.

기대

　마음을 일렁이게 만들고, 또 한 번 믿어보게 만든다. 실망이 클 수 있으며 극심한 고통을 호소할 수 있음을 알고 있지만, 되풀이된다. 때문에, 가끔은 나 자신이 미련하게 느껴지기도 하지만 우리는, 아니 적어도 나는 이걸 하지 않을 수 없다. 야금야금 먹고, 탈이 빈번하게 나는 동시에 나를 살아가게 만드는 원동력이 되기도 하는 것. 볼수록 매력적이지만 알다가도 모르는 성가신 친구이자 감정이다.

놓을 수 없는 순간

내가 놓을 수 없는 것은 순간이다. 사랑의 순간과 배움의 순간. 순간은 찰나에 이루어지고 어느 것 하나 계획된 것은 없다. 사랑도, 배움도. 예기치 않게 이뤄지고 하게 된 것이다.

무릇 순간은 어깨를 펴게 만든다. 종종 움츠리는 때가 있기도 하지만, 그것도 한때에 불과하다. 생채기가 생겨도 시간이 흐르면 새살이 돋는 것처럼. 우리가 느끼는 행복도 결국 어떻게든 다시 돌아오는 것처럼. 사랑하다 보면 이별이 있는 것도. 이별 뒤에 사랑이 다시 찾아오는 것도. 순간을 비롯해 아프기도 하고, 웃기도 하는 것.

깨달음 속에 우리는 성장하고, 성장 속에서 베푼다는 것을 안다. 그런 기억을 바탕으로 단 일생에 여러 번의 도움을 준다. 가장 소중한 가족에게, 가장 사랑하는 이에게.

결국 순간은 찰나에 불과한 것들이지만, 찰나가 없었더라면 나 역시 존재하지 않을 테다. 순간에 감사하고, 찰나에 고마워할 줄 알고. 앞으로도 아프고 힘든 순간이 부단히 괴롭히겠지만, 나는 이미 알고 있다. 결국엔 미소 짓게 하는 날들이 올 것이라는 걸.

그러니 놓을 수가 없다. 내가 가진 순간을. 그러니 미워할 수가 없다. 내가 가진 기억을. 나만이 가지고 있는 순간이자, 값을 매길 수 없는 기억. 그러니 쉽게 놓지 말아야지 하며 수없이 입 밖으로 내뱉기도 한다.

당신의
내일은
맑음이길

　마냥 좋은 일만 있을 순 없다. 조금 슬픈 일이 있기도 하고, 간혹 행복한 일도 생기는 것처럼. 비가 오고 나면 하늘이 맑게 개는 것처럼. 우리가 흘리는 눈물과 땀방울이 다음을 위한 것처럼. 기약하고 기다려 보는 거다. 우리도 화창하게 개는 날이 있을 테다. 웃음을 가까이하게 되는 날도 올 테다. 비가 365일 내리는 게 아닌 것처럼 말이다.

　서두를 수 있지만, 티 내지는 말자. 올 것도 안 오는 경우가 되기도 하니 미연에 방지하는 거다. 애쓰는 일로 인해 아파하는 일 없길 바라며. 당신의 내일은 맑음이길.

잘 살아가길 바라는
나 자신을 위해

　사람들은 저마다 가지고 있는 선이 있다. 개개인이 다르기에 함부로 정의를 내릴 수 없는 선.

　선이 있어야만 하는 이유는 내가 아프지 않기 위해서다. 오로지 나만을 위한 것. 다름 아닌 내가 건강한 날들을 살아가기 위한 인내심의 한계점과도 같은 거라 볼 수 있겠다.

　이때 이 선을 넘어오는 이가 있다면 경고할 줄 알아야 한다. 나를 싫어하지는 않을까, 뒤에서 나를 흉보지는 않을까를 걱정하지 않아도 된다. 평소의 성격이 소심하더라도 결단력 있게 딱 잘라 말할 줄 알아야 한다. 술술 흘러 넘어가는 이를 경계하고, 멀리하면 된다. 상습적인 사람이 있다면 잘라내면 된다. 두려움에 멈칫하는 사이에 이미 마음 한편은 문드러지고 망가지고 있을지도 모른다.

이 모든 것들은 당신이라는 사람이 아프지 않고, 온전히 잘 살아가기를 바라는 마음에 비롯된 것이다. 아름답게 자라온 당신을 위해. 잊지 않기를 바라며.

당신의 마음이 다치지 않기를

당신의 마음이 아프지 않기를

당신의 마음이 온전히 살기를

그런 우리라서
좋다

　사랑을 나누며 웃음이 많아졌다. 사소한 장난에도 웃음을 짓는 우리가 좋다. 일상 속에 있었던 일을 얘기하며 공감을 받는 것도. 하소연에도 맞장구치며 기댈 수 있는 든든함도. 작은 일까지 신경 써 주는 마음이 나의 자존감까지도 치켜세운다. 머리를 싸맬 정도로 힘들 때면 먼저 알아주는 모습이 사랑스럽다. 목이 말라, 갈증을 해소하기 위해 물을 찾는 것처럼, 서로에게 궁금한 건 참지 않고 바로 물어보며 궁금증을 해결하는 우리가 좋고, 사랑은 일방적인 게 아닌 둘이 함께하는 것이라고 여기는 우리가 애틋해서 좋다.

　사랑이라면, 사랑한다면, 상대방을 아낀다면 무릇 어려움 속에서도 해결하기 위해 서로를 돕고, 조언과 도움

을 줄 수 있는 것. 다툴 땐 다퉈도 등을 돌리는 것이 아

닌, 보듬어 안아줄 수 있는 것. 순간은 찰나라 하더라도,

사랑은 길었으면 싶고, 행복한 순간이 많아지는 것. 끝

으로 그 마음이 변함없길 소망한다.

너라는 사람

편안함을 주는 사람. 자꾸만 할 말이 생겨나는 사람. 목소리가 듣고 싶어지는 사람. 맛있는 게 있으면 같이 먹고 싶은 사람. 아프다면 뭐든 해주고 싶어지는 사람. 일상을 공유하고 싶어지는 사람. 마음 편히 고민을 털어둘 수 있는 사람. 이별이란 걱정을 하지 않아도 되는 사람. 좋아하는 노래가 비슷하여 플레이리스트를 공유하는 사람. 감정을 잘 헤아려 주는 사람. 배려와 존중이 몸에 배어 있는 사람. 늘 할 수 있다며 용기를 불어넣어 주는 사람. 매일 밤 산책하러 나가고 싶어지는 사람. 뭘 먹었는지, 무슨 일이 있었는지 하루가 궁금해지는 사람. 늦은 밤 전화하며 잠에 빠지고 싶어지는 사람. 나에게서 행복을 얻었으면 싶은 사람. 삶에서 꼭 잃고 싶지 않은 그런 내 사람. 덕분에 내가 사랑받으며, 행복이 무엇인지 알게 해주는 너라는 사람.

미소를 선물해요

　계절이 바뀔 때마다 꽃을 선물하는 버릇이 있다. 특별한 이유가 있어서 그런 건 아니고, 나만이 가지고 있는 사랑의 의식과도 같은 것이다.

　꽃집을 들어설 때 콧등을 간지럽히듯 여기저기 풍기는 향기에 연신 고개를 두리번거린다. 이 꽃도 예뻐 보이고, 저기 있는 꽃도 예뻐 보이고. 물론 내가 좋아하는 리시안셔스와 수국도 있지만, 지금은 다르다. 내 마음에 드는 것도 좋지만, 사랑하는 사람에게 선물할 꽃을 찾는다.

　그 사람이 품 안으로 꽃을 껴안았을 때 가장 어울릴 것만 같은 꽃. 또는 그녀가 가장 좋아하며, 웃음을 만개

할 것 같은 꽃으로.

꽃 선물은 받는 사람도 좋아하겠지만, 선물하는 당사자 또한 기분이 좋아진다. 이유가 있다면 사랑하는 사람에게 예쁜 순간과 소소한 행복을 건네고 싶은 마음이라면 이해할 수 있을까. 선물 받은 당신이 만개한 꽃처럼 웃음꽃이 활짝 핀 모습이 사랑스러워서. 그 모습이 내게 큰 행복이 되기도 하니까.

계절이 바뀌는 날, 오늘도 어김없이 꽃집을 들렀다. 고된 일상에서 지쳐있을 당신에게 작은 미소를 선물하고 싶기에.

선인장

마르지 않는 삶을 살아가는 일. 물기 가득한 삶을 살 수 있는 일. 우리네 삶은 사랑과 행복을 양분으로 뼈대를 이룬다. 일상에 내놓여진 우리는 선인장이 아니라 양분이 필요하다. 선인장은 물보다는 햇볕을 받으며 그것을 양분으로 충분히 살아갈 수 있지만, 우리는 조금 다르다. 물론 먹는 것과 잠을 자는 행위도 한몫하겠지만, 그와 더불어 큰 영향을 주는 것이 사랑과 행복, 감정이지 않을까 싶다.

우리는 태어나 부모님의 사랑을 시작으로 행복과 감정을 깨닫게 된다. 이후 성장하면서 좋아하는 사람이 생기기도 하며 인간관계를 형성하게 된다. 선인장이 광합성을 하듯 우리도 주변의 영향을 양분 삼아 성장하고 나아가게 되는 것이다.

　성장 과정에는 깨달음 또한 있을 것이고, 아픔을 통해 다음을 기약하기도 하며 일구어 살아가게 된다. 사랑을 통하여 애증과 신뢰를 가질 수 있고, 행복을 통하여 나의 상태를 진단할 수 있게 되기도 한다. 그렇다고 주변의 모든 영향이 내 삶의 전부가 되지는 않는다. 살아가는 데 중요한 것은 주변 환경도 있겠지만, 나 자신만의 돌파구가 있어야 한다. 주변 영향만으로 성장하길 바라고, 무탈하길 기도하는 것이 아니라 나의 삶을 마르지 않게 꾸준히 일궈내며 살아가는 것이 좋다.

　앞으로 어떤 날들이 내 앞에 있을지는 모르겠지만, 그런 사람이 되고 싶다. 마르지 않는 웃음을 가진 사람. 내 삶을 내가 이끌어 가는 사람.

이별을
걷고 있는
당신에게

　이별의 아픔을 심하게 앓는 사람들이 있다. 대체로
그런 사람들은 정이 많다. 물론 나 또한 그랬다. 사랑하
는 동안 있는 정, 없는 정을 하나도 빠짐없이 건네줬다.
후회 없을 만큼 진심으로 사랑했고 최선을 다했다. 하
지만 이별은 언제나 사람을 무너트린다. 매일 연락이
왔을 시간에 연락이 오지 않는 게 가장 힘들고, 한 사람
이 사라졌을 뿐인데 일상이 공허해지고 괴로워진다. 시
간이 흘러 잘 마무리하고 매듭을 끝내 짓겠지만, 얼마나
걸릴지 모르기에 나도 모르게 한숨을 뱉게 된다.

　만약 이런 당신이라면 해주고 싶은 말이 있다. 아파
해도 좋고, 목 놓아 울어도 좋다. 아픔을 참으려고 혼신
을 다하지 않았으면 한다. 사랑한 기간만큼 아프고 힘

든 것이 사랑이다. 이런 시절이 지나고 내가 다시 사랑을 건넬 이는 결국 나타나게 된다. 혹은 운명이라면 이별을 경험했던 사람과 다시 만날 수도 있다. 다만 이별의 아픔으로 사랑을 방구석으로 밀어 넣지 않기를 바란다. 당신의 아픔을 안아주는 사람은 나타나는 법이니. 다시 영화 같은 사랑의 순간을 만들어 주는 사람은 나타나는 법이니. 조심스럽되 좋은 사람을 볼 줄 아는 눈빛은 잊지 않기를. 또다시 사랑하거든 최선을 다해 사랑하는 당신이길.

오늘 보낸 하루가

쩨나 불행했다면

내일 보낼 하루는

쩨나 달콤할 거예요.

오늘 하루 고생 많았어요.

애정하는 당신에게

나는 지금의 당신이 좋다

초판 1쇄 발행 2025년 5월 16일

지은이   하림
편 집   김민재, 권용휘
디자인   서승연
펴낸이   권용휘
펴낸곳   시선과 단상
출판등   2023년 2월 7일 제2023-000013호

이메일   oehwii@naver.com
ISBN   979-11-982108-4-5